かくれんぼ

まえだ としえ

もくじ　かくれんぼ

絵　大井さちこ

Ⅰ　突風のあと

ママは反抗期

ママが　かがみをのぞいている
――ママ　かみきらないでね
　いまのママでいてね
ジュンとサチが　いった

つぎの日
ママは　かみをきってきた

女の子のようになってしまった
ちょっと　とまどいながら
おにいちゃんのジュンがいった

ちいさい声でいった
――サチ　しばらくのあいだ
おとなしくしてるんだよ
ママ　いま反抗期なんだよ
きっと

ママの七変化《しちへんげ》

おっかないママ
あかおにのようなママ
ぼくがおいたをしたときのママ

おんなのこのようなママ
ガールフレンドのようなママ
いっしょにドレミのうたをうたうママ

やさしいママ

かんごしさんのようなママ
びょうきのぼくをだっこするママ

おとこのこのようなママ
ジーパンのにあうママ
ぼくとはらっぱであそぶママ

きゅうしょくのおばさんのようなママ
コックさんのようなママ
ごちそうをつくるときのママ

パパにいってらっしゃい　というママ
パパにおかえりなさい　というママ

パパだけのおくさんのママ
だけど　どのママも
みんなみんなぼくのママ
ぼくがおにいちゃんになっても
おとなになっても
ずっと
ずーっと　ぼくのママ

こどもってね

こどもってね
あそびが　だいすきなんだよ
おかあさん

ともだちが　だいすきで
ぼうけんが　だいすきで
めずらしいものが　だいすきで
うごくものが　だいすきで
まねっこが　だいすきで

おはなしをきくのが　だいすきで
そしてね
いちばんすきなのが　おかあさん

ちょびっとした　けがなんか
ゆびさきに　つばをつけて
チョーン　チョン
ちちんぷいぷい
いたいのいたいの　とんでいけーっ
かためつむっていうおかあさん

だけど　おかあさんって
しんぱいするのが　だいすきで

ちょくちょく　おこるんだよね
おかあさんも　たまには
おもいっきり
ぼくたちとあそぼうよ

マコちゃん　ゆうちゃん
そうたくんにけんたくんもいっしょにさ
きのぼりごっこに　おにごっこ
ボールあそびに　かくれんぼ
たまには　たんけんなんかもたのしいよ

きっときっと

しんぱい虫も　とんじゃうよ
おこりんぼ虫も　とんじゃうよ

ねっ　おかあさん

挿《さ》し木

根を張れ
枝を張れ
小さないのち

大きく育て
花ひらけ
実を結べ
大空の下で

ぼくにできる
たったひとつの
すてきなすてきな
マジック

突風のあと

人気《ひとけ》のまばらな　大きな公園のど真ん中
くすの木の枝えだを強い風がゆすった
大人が三人がかりでも　かかえきれない大木の
葉っぱの一枚いちまいを
風が強く突き上げた

まるで
地球を大そうじするかのような　突風だ

じっとこらえていたくすの木の葉っぱたち
もう　くすぐったさに耐えきれず
いっせいに風にのり　風に舞った
陽を浴びて　まひるの大舞台
キラキラキラキラ　黄金色にうねる波
上へ下へ　右へ左へ
また上へ……

春先
うすみどりの新芽でかざられた巨大な古木が
空へ向かって
どっしり立っていた

ゆうぐれ

家に帰る途中
近道をしそこなって
なじみのないうす暗い通りを
迷子になって歩いています

空を見上げるたび
ほそいお月さまも　ひとりぼっちで
いつまでも　わたしについてきます

すきとおった風が　木立を通って
ほほにふれ　通りすぎていきます

ひとしお遠くかんじる道のり
ちょっと寒くなってきました

お月さまとわたし　したしげに
いっしょに歩きつづけていきます

家へ続く道を

てがみ

キャベツばたけで
ちょうたちが　たのしそうに舞《ま》っています
――わたしも　すてきに飛びたいなあ
あおむしは　ちょうちょうさんに
てがみをかくことにしました
キャベツのはっぱは　わかくさいろのびんせん
えんぴつは　あおむしのおくち

モグモグ　シャリシャリ
モグモグ　シャリシャリ
キャベツのはっぱは
てがみから　レースあみになっちゃった

（あおむしさんったら
　どこへ　いったの……）

おそらには
あさのお月さまが　にっこり
キャベツばたけに　ちょうちょうが
いっぴきふえていました

停電

外は　まったくの闇夜
突然の停電だ
宿題をしていたぼくの目には
何ひとつ　見えない
かあさんが
非常用のライトをさがす気配がする

闇の中
ただ　ぼくを気づかってくれる
かあさんのやさしさが見える

ただ今　百パーセント

とうさんが会社の帰り道
デパートのアイデアコーナーから
先っちょがネジネジになった
《自分でできる安全耳かき》を買ってきた
中学年にもなれば
自分のことは　なるべく自分で　と
もっともらしい顔つきで手渡してくれた

？　会社から帰るとすぐに　疲れたあー　と

？　自分がぬいだくつ下を
？　いつも　ぬいだところに
？　ぬいだ形のまんまの　とうさん

ある日の午後
耳がかゆくてたまらなくなった
どこを探してもアイデア耳かきが見えない
久しぶりに　かあさんのひざでの耳そうじ

ユーラリ　ユーラ　赤ちゃんに戻る
ユーラリ　ユーラ　夢ごこち
ただいま　安らぎ百パーセント

くつをみがく

プリプリが　どうにも止まらなくて
とうさんに
きつい言葉を投げつけてしまった
きっかけが　なんだったのかさえ
思い出せないくらいなのに――

後悔しているのに
あやまりたいのに
だいすきなのに――

ごめんなさいの一言がいえない

（そうだ　くつをみがこう）

大急ぎで　くつやさんに直行

店長おすすめのくつクリームを

まねき猫の貯金箱のお金で買った

教わったとおりのみがき方で

キュッキュ　キュッキュ　キュッキュ

とうさんのくつをみがく

（おとうさん　さっきはごめんなさい

　おとうさん　いつも　ありがとう）

こころの中でくりかえしながら

おとうと

パパの　おおきなながぐつをはいて
とくいがおの　ちいさい　おとうと

ときどき　なまいきをいうのに
かわいくて

ばかばかしいのに
たのしくて

にくたらしいのに
にくめない

ながぐつ　ブカブカ　ブカブカ
太ももまでくる　ながぐつ
すっかり　つかれてひとやすみ
やめたはずの　二ほんゆびの
ゆびしゃぶり

（にいちゃん　みてないよ
みてないからね！）

おとなりのばんごはん

しゃしんがしゅみのおじさんは
りょうりは　みばえだとがんばる

あみものじょうずなおばさんは
ヘルシーがなによりよ　という

ダイにいちゃんは　三回目のおかわり
うまいが　だいいちとパクパク　パクパク

ねんちょうぐみのさっちゃんは
こうぶつのイクラをねらっている

にぎやかな　おとなりのばんごはん
学童組《がくどうぐみ》のぼく　今日《きょう》はママの都合で
およばれの　おきゃくさん
ちょっとだけ　かしこまっている

おじさんが　やさしい声でいう
――このまま　うちの子になりなよ　って
ぼくのおさらに　大きいおにくをいれながら

帰り道で

大すきな国語の時間
ぼくの音読のあと　しっかり目を見て
両手を上げて拍手してくれた泉先生の笑顔

おしくらまんじゅうをした時
まっ赤な顔で　かけ声を出しあった
ゆたかくん　ひろちゃん　まあくんたち
みんなの顔が　次つぎ　うかんでくる

終了式の帰り道　友だちと別れたあと
夕やけ空に向かって　さけんだ
心の中で　せいいっぱい大きな声で
（先生　みんな　今日まで
　ありがとう！）

新学期　ぼくは
新しい学校へ転校です

なかなおり

うら庭の　大きなレジャーシートの右と左
アンちゃんとリンちゃんが　すわっています
「おじいさま　どうぞ
　戸は　開けておいてくださいな」
リンちゃんが　かわいい　声でいいました
「いやいや　ばあさま　むかしから
　戸というものは
　開けたら閉めるのが　あたりまえですぞ」
胸を張って　いかめしい　顔のアンちゃん

……しばらくすると
「ごはんのしたくができましたよ
あらまあ　また戸を閉めてしまって！
じいさんったら……」
両手にお皿を持った　エプロン姿のリンちゃん
お皿を床に置き　おじいさん役をにらんだ
「おいおい　また戸を開けっぱなしで！
ばあさんときたら　このところ
まったく　閉まりがないんだから」
アンちゃんおじいさんは　しかめっつらです

……また　しばらくして
「さあさあ　あとかたずけ　あとかたずけ

まっ　いやだわ　じいじったら！
お皿を持っての　戸の開け閉めなんて
しちめんどうったら　ありゃしない」
プリプリ顔のリンちゃんおばあさん
「これだから　いやだねえ
なんで戸の開け閉めぐらいのことで
いちいち　ブチブチいうのかねえ
ばあばは！」

手枕でねっころがっての　アンちゃん

縁側で幼い孫娘たちのままごとを
目を細めてながめていた
おじいちゃんとおばあちゃん

（まいった　まいった
　姫《ひめ》たちにはかなわんなあ）
二人は　同時に　顔を見合わせ
プッ　と吹きだしてしまいました

おじいちゃんは　頭をひとひねり
ホームセンターへとおお急ぎ
ひじでも　足のつま先ででも
ちょいと　ひとおしでスルスルスル
開け閉めらくらくの
アコーディオンカーテンの登場です
　……いっけんらくちゃく

おきあがりこぼし

いなかのおばあちゃんから
進級祝のプレゼントがとどいた
ちいさなかわいい　おきあがりこぼしだ

〝ここだけの話やけどな
ばあちゃん　こんまいころから
おっちょこちょいで　ずっこけどおしや
今は　笑いじょうごやけどな
痛いめにも　つらいめにも　おおてきた

そのたんび　おきあがりこぼしを見てな
おきあがってきたんやがいね
おきあがるたびに　心のそこに
ありがとさんと笑顔がたまるんよ
　ハハハハ……めでたし　めでたしじゃ〟
小箱の中には　かわいい孫娘へ　と
おばあちゃんの走り書きのメモが入っている

ありがとう　おばあちゃん
ころんでも　ずっこけても
おきあがりこぼしを見て　おきあがるからね
だって　わたし
おばあちゃん似の孫娘なんだもん

＊おきあがりこぼし（起上小法師）
ダルマの形に造った人形の底に
おもりをつけた玩具。倒しても
すぐに起き直るようにしたもの。

Ⅱ　ねがいごと

農園の小道

――おおきなおいもだろ　ありがたいね
　まっかなトマトだこと　かわいいだろ
一人ぐらしの　いなかのひいおばあちゃん

土をたがやし　草をかり……
おひさまや土や水の力を信じ
小さな草花をかわいがり
自分でつくった歌を口ずさんでいる

通学路わきの農園の小道を通るたび
ひいおばあちゃんの笑顔がうかんでくる
ひいおばあちゃんの
なつかしい歌声がきこえてくる

おひさまのひかりが　ほかほか

（ひいおばあちゃん
また　夏休みに　きっと
あそびに行くからね！）

嵐の夜

わたしの右がわに　残業つづきの
会社づとめのおとうさんが　ねています
わたしの左がわには　毎日忙しがっている
おかあさんが　ねています

まよ中　ガタガタ　バシーン
家ごとふきとばされそうな
風と雨……ヒュー　ガタガタ

――だいじょうぶ　しんぱいないよ
おとうさんも　おかあさんも　いうけれど
ちいさいわたしだけが
どこかへ　つれさられそうで手をつないでも
こわくてこわくて　ねむれない

耳をすますと
（おばあちゃんが　まもってあげるからね）
いつもえがおの　おばあちゃんの声
（ほらほら　じいちゃんのひざにおいで）
どっしりしたおじいちゃんのやさしい声

わたしはいつのまにか　うつらうつら

ぼうけんごっこのようなドキドキの中で
ゆらゆら　ゆらゆら　ゆーら　ゆーら……

帰る

心配性のかあさんの小言を背に
――まったく　とつぶやき
確かに今朝　通学カバンをひっかけ
狭い玄関を飛びだしたのに……

午前の授業がようやく終り
にぎやかな給食が終り
ちょっぴりたいくつな午後の授業が終り
汗まみれの部活も終った

空に群青色が深まり始めた頃
仲間たちと帰る道は　いつもと同じ
初秋の夕凪の中
最後の友だちと別れたあとは　いちもくさん
あたたかい台所めざして
通学カバンをひっかけたぼくが走る
ぼくのおなかが走る
グーグー　走る

トントントン　トトトン　トン
心地よい庖丁の音がきこえてくる

メガネをどうぞ

テレビゲームにむちゅうの
にいちゃんのよこがお
こっそり　スケッチしながら
かあさん
――おにいちゃんって　よく見ると
なかなか品《ひん》があって……ちょっと
殿下《でんか》に似てるんじゃない？

――ねえ　ヒロくん

このごろ　あなたなんだか
キムリン　そっくりよ
このぼくが？
超《ちょう》人気スターのキムリンに？

――ねえ　おかあさん　たのむから
早く　メガネやさんに行ってよ
ねっ

買ってもらったばかりの国語じてんを
そっと　開いてみた↓オ・ヤ・バ・カ

かあさんは　殿下の大のファンです

プラタナス通り

青が深まる空の下
今年一番の冷たい風がうなっている

大きくてごつごつしたこぶしをにぎりしめて
すっくと立っているプラタナス

子どもたちのにぎやかな声をききながら
木の芽をふくらませた日々

天狗の羽うちわのような葉を広げ
涼しい風をはこんでくれた夏の夕暮れ

晩秋
バッサリ切り落とされた枝々に別れを告げ
みごとな裸木

もうすぐ　一番星が
金メダルをかけてくれる

虫歯《むしば》になったサンタクロース

こどもがだいすきなサンタさん

くる日も　くる日も
プレゼントづくり
ねるまもおしんで　はげんでいます
こどもたちのよろこぶかおが
サンタさんのよろこびだから
だけど　まいにちまいにちいそがしく
歯医者《はいしゃ》さんのよやくもとれません

とうとう　虫歯になりました

ほっぺをおさえたサンタさん
まちにまったクリスマスイブ
特大《とくだい》の袋《ふくろ》をかたにかけ
かわいいいねがおのまくらもとへ
そーっと　おきます　プレゼント

スヤスヤねていた　ちいさな男の子
夢《ゆめ》の中でいいました
──サンタさん　どうも　ありがとう
　ぼく　おおきくなったら
　世界一の歯医者さんになるよ

いつでも　どこへでもかけつけて
サンタさんの歯を　なおします
どうか　げんきでいてください

ねがいごと

生きているあいだは
少しでもいいから　なにかしら
人さまのお役に立てますように！

生きているあいだは
自分でできることは　させてもらい
なるべく　人さまに
ごめいわくをかけずにすみますように！

今日も一日　みなが元気ですごせました
ありがたいことです　うれしいことです

ちょっとそそっかしいけれど　人気ものの
ひいばあちゃんの日記帳には
筆で書いた流れるような字がつらなっています

（ひいばあちゃんが元気で　百さいまで
　ずっと　ねがいごとが書けますように！）
これは　わたしのねがいごとです

マムシ

草むらで　カサッと小さな音がした
一瞬　チコの手にした棒の先が
マムシの頭を　きっちり押さえた

夏休みの登校日　家への帰り道
あつい日差しの下
麦わら帽子をかぶったチコの頭の中では
となりのおばさんの言葉が
ぐるぐる　まわっている

（チコちゃんちの　おかあちゃん、
なくならはったおとうちゃんの分まで
働かはるでなあ
この暑さの中、あんな細《ほそ》こい体で
むりのしすぎやが
まっ　マムシの焼いたのでも食べて
二、三日　ゆっくりなさると
じきに　ようなりなさると思うが……）

チコの手は　一度だけ見たことのある
次吉おじさんの手さばきをまねて
みごとなスピードで皮をはぎ
まるで　手品師のように

棒切れに桜色のくねくねを巻きつけた

すぐそばの林道の上手《かみて》では
竹筒の先から岩清水が流れ落ちている
チコは　冷たい水でゴシゴシ手を洗い
顔をザブザブ洗い　口をすすいだ
（おかあちゃんをよろしくお願いします）
くねくねさんに　頭をさげてたのんだ

その晩　チコの家の大きないろりには
赤あかとした炭火があった
話を聞いた次吉おじさんが自分のマムシと
チコのくねくねさんを並べて焼いている

――ミミズにしりごみするチコちゃんが……
あのかいらしチコちゃんが……
ようもまあ　こんな立派な*タイショウを
しとめたもんやなあ　どっちにしても
おかあちゃん　一気にようなりなさるわ

となりのおばさんの顔が
なみだでぐしゃぐしゃになっている

――ほんにのう　チコっちゅう子《こ》うは
　思いもかけんことをする子じゃ
チコのおばあちゃんも　さっきから
袖で涙をぬぐっている

そのころ
おかあさんも寝床《ねどこ》で涙をぬぐっていた
チコは　おかあさんの手をにぎったまま
えびの形にまるまって
とっくの昔に　ねむりこんでいた
もとの　甘えんぼうにもどって

＊となりのおばさんがタイショウと
呼んだのは　マムシではなくてヘビのこと。

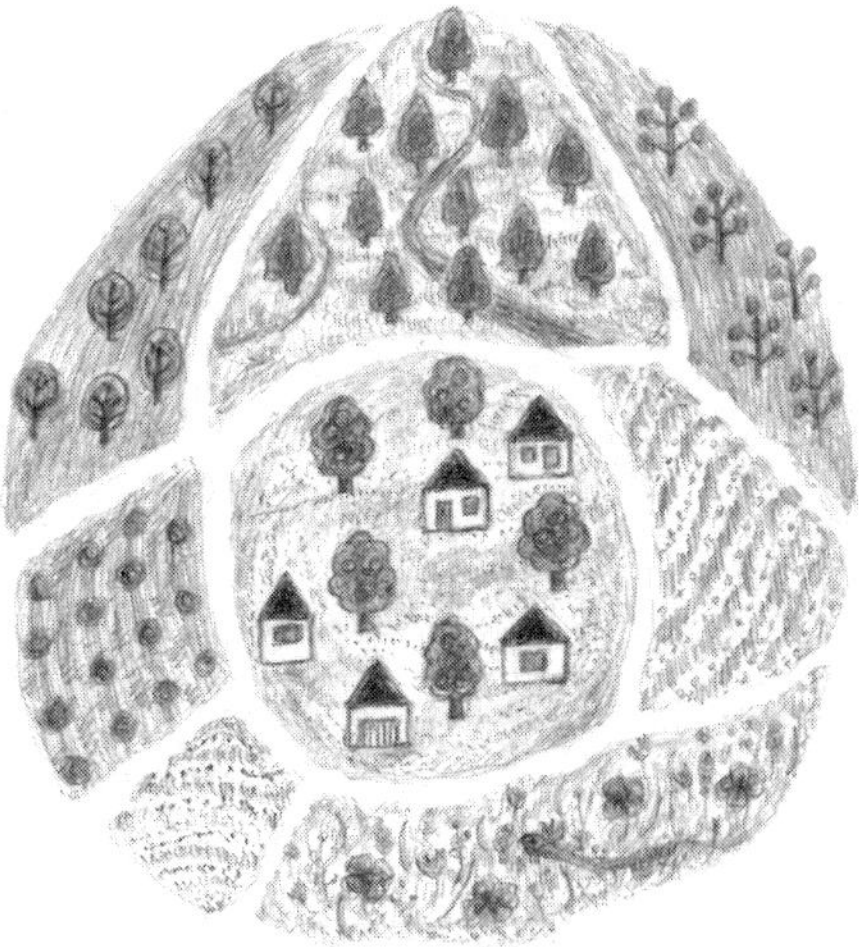

ひいばあちゃんのてつがく

ひいばあちゃんのみみかきは
やわらかいひざまくらで
やさしくやさしく　ほわほわ

——どんなときも　しっかりきくんがよかよ
しっかりきいて　しっかり見るとな
いろんなことが　よおくわかるんよ
ひいばあちゃんの声は　ものしずか

――どんなもんにも　いのちがあるんよ
それぞれが大事ないのち
どんないのちにも　はじまりと
おわりがある
ちいさなちいーさな虫にも草木にも
星たちにも　ひいばあにもじゃよ

――えっ　ひいばあちゃんにもっ、　やだよ！
ユミは　びっくり
ひいばあちゃんの手を　にぎりしめました

――なあに　しんぱいせんでよかよ
いのちっちゅうもんは　こころんなかで

ちゃーんと　つながっとるでな
いっぱーい年をとるとな　つながりが
よおく見えてくる　ありがたいことや
ユミちゃんもひいばあも　つながっとる
ひいばあちゃんは　あたたかい手で
ユミちゃんの手をにぎりかえし
そっと　だきしめました

ひいじいちゃんのてつがく

――ちっちゃいときは　あそぶんがしごとよ
はしったり　よじのぼったり
ぶつかったり　ころんだり……
ひいじいちゃんは
ぼくをひざにのせていう

――ともだちこそは　たからぞ
じぶんがされていやなことは
ひとさまにしては　なんねえ

山しごと畑しごとがだいすきな
ひいじいちゃんのこえは　のぶとい

――人生ちゅうもんは　いっかい　こっきりよ
やりなおしがききゃあせん
おてんとさんに　かおむけできんことは
してはなんねえ
ずっこけたときゃあ　しばしやすんでよ
また　心機一転《しんきいってん》　出なおしゃあ良い
みなおしが大事《だいじ》ぞな

ひいじいちゃんのからだが

大きくやさしく　ゆれる
はるの日の午後
みずうみにうかんでいる　ボートのように

ぼくをたったひとりの
おきゃくさんにして

Ⅲ　さがしもの

とびら

おもいっきり
ふんばっているのか
さびついたのか
しらんっぷりのとびら

わたしのなかにある
ちいさなとびら　ひとつ

どくだみの花

ただ　ひたすら
白く咲く

古びた裏木戸が
しずかに朽ちている

梅雨晴れのひととき
さわやかな風が
とおりすぎていく

信号

――おっとっとっと　こっちですよう
　まちがえちゃだめですよぉう
食事どき　のどでは信号が
空気の通り道と
食べ物の通り道の案内で　おおわらわ
――あっ　そっちじゃないですよ
　こっちこっち　こっちですってば
血液も信号の案内どおり　休みなしで

体じゅうをかけめぐっています

水や油や栄養の行く先きだって
それぞれ　ぬかりなく案内し
役目を終えたものたちには　細やかに
正しい出口を教えたりして
働きつづける信号たち

おいしゃさんをしているおじいちゃんが
銭湯の湯ぶねで教えてくれた
ぼくたちの体の中の信号たちの　大活躍
すごいぞ　信号をつけたぼくたち

メモ

――な　あんたのおかあはん
手に入れずみしてはるんか？
たしか　カンゴク（看護師）はんやと
　聞いたと思うたが……

このところ　病院へ行くのが
一番の楽しみという近所のおじいさん
団地の公園で　ミニサッカーをしていると
今日もぼくに声をかけてくる
大きめの背広が似あっている

――そや　たいがい
　一日で消えてしまうけどな
ぼくは遊びに忙しいから
おじいさんの口調をまねての二言《ふたこと》三言《みこと》
一瞬　毎日毎日　くるくる動きまわる
小柄なかあさんの
ボールペンで黒ずんだ
メモだらけの左手の親指の付け根が
ぼくの頭のてっぺんあたりを
アップで通り過ぎていった

おおきに　ありがとさん

――おじいちゃん　さむくなってきたね
はんてん　どうぞ
――おお　おおきに　ありがとさん
えんがわで絵をかいている　おじいちゃん
ベレー帽が　よくにあってる

――おじいちゃん　あついお茶　どうぞ
――おおきに　ありがとさん
ほんに　あんたは　いい子じゃ
おじいちゃんは　かぞえきれないほど

おおきに　ありがとさん　って言ってくれる
おじいちゃんの体の中には　いったい
どれだけ　おおきに　ありがとさんが
入っているのかな？
聞くたびに　心がほっこりしてくる

夏の終わり　おなかの手術のあと　突然
天国へ行ってしまった　おじいちゃん
かきかけの絵をかかえ　えんがわから
一番星に　よびかけます
――おじいちゃーん
いっぱいいいっぱい　おおきに
ありがとさん

さがしもの

おふろばで　したぎをあらうこと
三さいのとき　ははからおそわりました
はんかちーふのほしかた
ようちえんじだい　ぱんぱん　たたくのよって
ちひろせんせいにおそわりました
せんたくきのつかいかたも
いつのまにか　おぼえました

ははのせたけも　せんせいのせたけも

とっくにこしたいま
たいがいのことは
ひとりでかいけつできるのに
つかれ
よごれたこころがあらえません

とかいのちいさなそらのした
まふゆのゆうげしきに
ちょっぴりそまった　こころをひきずり
こころのあらいかたをさがしながら
あるきつづけています

ダンシャリ

——あっ　ぼくの！
　それ　入れちゃダメだよ
区のリサイクルデイの前の日
かあさんが　ぼくのお気に入りの甚平を
指定の　半透明の袋につめこんでいる

——ママッ　チィのバスタオル
　すてちゃ　やだよ！
妹のチィも　袋の底から

はらぺこあおむしのバスタオルを
ひっぱりだそうと　がんばっている

――ママァ　パパの空色のTシャツ知らない？
くつろげるんだよなぁ　あのTシャツ
とうさんが　引き出しを開け閉めしている

――ええっ　もう！　三人そろいもそろって
捨てられない症候群なの⁉
かあさんは　深いため息をついています

（小さな虫にも　どんな物にもいのちが
あるんよ。いのちは大事にせにゃならん）

きょ年の春先　天国へ行ったおばあちゃんの
やさしい声が　耳によみがえってくる
おばあちゃんが　ときどき
こいしくなる　ぼくです

*ダンシャリ
不要なものを処分するという平成後期の造語の一つ。
断捨離はもともとは心の執着を捨てるヨガの教えだが、それを日常の整理術に応用した言葉。

あこがれ

世に出た頃は　ずい分はやしたてられ
とても　重宝がられていた　ワ　タ　シ

「あ」　から始まり
「い」「う」「え」「お」……と
行儀よく整列した文字たち
ぎっしりと知識を背負いこみ
得意になったりしながらも
重苦しくて――

はち切れそうで――

月日は流れ　時代はかわり
平成という年号も
三十一年目にして改元
令和元年のスタートだ
使い古されたわたしは　時折
まっさらな一枚の原稿用紙に
あこがれています

今　まさにスマホ時代　真っ盛り
昭和初期発行の　ワタシの名は
《最新国語辞典》

きず

ズキン

するどい　ひとつき
目がしらから　体中をかけぬける痛み

人の心の中で生まれ
人の口から出てきた　するどいトゲ

傷口《きずぐち》から　あふれ出るしずくを

もてあまし　おびえながらも考えつづける
トゲが生まれた原因は　何かと――
その何かとは　どこにひそんでいるのかと

考えにゆきづまり
空のプールへと　とびこむ
泳ぐ　泳ぐ
魚になって泳ぎつづける
ひたすら
まえへ　まえへ　まえへ――

いつの日か　答に出会うまで

パッチワークとおばあちゃん

まあるい眼鏡をかけた小柄なおばあちゃんが
壁いっぱいのタペストリーを見上げています

幼い日　なかよしの女の子と
ふさ帯を体中にまとい
天女になりきって舞いおどった記憶

片田舎の田ンボへの道ばたに咲いている
ちいさな草花のような自分の姿と

電車の窓ごしに見つけた
匂《にお》わんばかりのリンゴの花が重なり
ひたすら　あこがれだけがふくらんだ少女時代

扉の奥には　おとぎの世界
眠ったり踊ったりを、繰り返している
ラプンツエルやシンデレラ……

少女は　いつしか大人になり　母になり
初めての子を胸に抱いた
いとおしさとほこらしさと不安で
胸がいっぱいになった日々

長い長い時が流れています
流れ続ける時のかたわらには
小さな足跡が続いています

おばあちゃんは　自らの影法師の足跡を
ひとこまひとこま　拾い集めて
ていねいにパッチワークにしています
ときどき　未完成のパッチワークを
壁に飾って見上げ　思い描きます
パッチワークの　さいごの仕上げに
かわいいふち飾りをつけようと

大忙しで　わき目もふらずに駆けてきた頃の

モチーフも拾い集めて手アイロンをしながら
もうしばらく　パッチワークを続ける予定です

♡型の待ち針が並ぶ針箱をかたわらに
おばあちゃんの背中が　少しずつ
まあるくちいさくなっていきます

便利

かわいい　ベンリが
「ベンリ！　ベンリ！」と
ベンリを食べて太りました
「ベンリは　全く　ベンリだ！」と
またまた　ベンリを食べつづけ
どんどん　太りつづけています

ながい間に　巨大化したベンリは
時たま　モンスターを生みます

うつくしい緑の星　地球上で
生まれ育った人間の心の中で生まれた
すてきなベンリ　ながい月日が流れ
ベンリが生んだモンスターたちが大あばれ

モンスターたちは　空をこわしかけ
あるモンスターたちは　海をよごし
また　あるモンスターは
小さな島々を　のみこみます

地球があえいでいます
宇宙もあえいでいます

便利が大すきな　わたしたち
地球のこども
がんばるベンリと力を合わせ
モンスターに立ちむかおう
地球と宇宙を守っていこう

洋ようと　大きなこころで
こつこつと　小さい力を
つみ重ね　つないでいこう

つながっている

海・海・海……
世界中をひとまわり
おやっ？
境目は　どこだっ？　？

空・空・空……
ぐるーり　ぐるぐる
風と雲　変身を繰り返し
わくわく　どきどき――

草木も　川も　森も
海も空も
魚も鳥も
さかのぼれば　つながっている

キミとボク
あなたとわたし
つながっている
地球の上で

まわる　まわる　つながって
ゆっくりまわっている地球の上で

ごめんね　地球

このまま　温暖化が進むと
オゾン層がこわれ
島じまが消えてしまうだろう
二〇五〇年ころには　地球があぶない　って
今朝の新聞の一面にのっている

便利が大好きで　便利グッズの山積み
らくちんがだいすき　手抜きの大流行
おいしいもの　楽しいことが大好きな　わたし

どんどん　ごみを出し
どんどん　エネルギーを使う
土を掘る　深くふかく
木を切る　森林が丸裸になるまで
わたしたち人間の手で

地面や樹に耳を当てて　耳をすますと
聞こえるきこえる　遠く近く
透きとおった生命《いのち》のうた

知らず知らずのうちに
傷つけつづけてきたんだね
痛めつづけてきたんだね

――ごめんね　地球！

いつのころからなんだろう
便利さにおぼれ
手軽さにおぼれ
わたしたちが地球を　そして宇宙をさえも
まるで人間のもののように　身勝手な
大きな勘違いをし始めたのは……

宇宙の中の　たったひとつの
みどりの星　地球
元気いっぱいの地球に戻れるように
守っていかなければ　一日も早く

ねじりはちまき　汗水たらし
知恵をしぼり合い　助け合い
世界中の人たちと力を合わせて
心をひとつにして　守るのだ

注　この作品は、平成十一年発刊の「文芸せたがや」（世田谷文学館）に投稿し、磯村英樹・江間章子選にて入選した作品を、一部、書き改めたものです。

温かな詩

岩崎京子

前田都始恵さんが第一詩集の『た・か・ら・も・の』をリーブルさんから出されたのは、ちょっと前だと思っていたのに、伺ってみると十年も前になるんですね。この度は、第二詩集と第三詩集を出版されるというではありませんか。コツコツと書き続けてこられたんですものね。

先の詩集『た・か・ら・も・の』は、働き者で、ご主人思いの、また、お子さんを大事になさる前田さんらしい、とっても温かないい詩集でした。この詩集を読まれたまど・みちおさんもいい詩集だなあと話されていたのを思い出します。

この度の第二詩集『かくれんぼ』（四季の森社）には、低学年や中学年向きの子どもと家族の詩や子どもたちの遊びや、小さな子どもの気持ちを歌った詩がたくさんのっていて、発行を楽しみにしています。前田さんが三人のお子さんたちを連れて、私の文庫に通っていた頃をなつかしく思い浮かべています。小学生の子どもたちに是非、親子で読んでほしい作品がいくつもあります。

詩集を飾っている大井さちこさんのさし絵もとても素敵ですね。詩に深入りしすぎず、前田さんの作品を引き立てていて、いいなと思います。特に木のさし絵が楽しいです。前田さんの植物や木のそよぐ風景を描いた詩もいいですね。

やさしく温かな気持ちがいっぱいあふれている前田都始恵さんの詩集は私の心の栄養食です。

（児童文学作家）

あとがき

　私の第一詩集は『た・か・ら・も・の』です。敬愛する岩崎京子先生の温かく熱い激励のお陰で誕生した初物です。リーブルの福井和世様、画家の長谷川知子様のお力を頂きました。岩崎先生の文庫〈子どもの本の家〉へ三人の息子たちとお世話になってからの作品集で、十年ほど前の刊行です。

　思い返すと就職した二十代前半、地元金沢で詩誌「笛」の同人に加わり拙い詩を載せて頂きました。二〜三年後、当時、隆盛の華道・池坊発行、いけ花が中心の美しい誌「新婦人」〈詩のセミナー〉山本太郎選に投稿し、幾度か特選として掲載されました。上京し、三十代の頃、雑誌「ミセス」川崎洋選の詩の部門で数篇入選、共に先生方から嬉しい評を頂きました。古い思い出です。

　その後も、目まぐるしい日々の中、日本児童文学者協会の創作セミナーなどに参加し、いくつかの童話会や詩誌の皆様方に親切にして頂きました。今春、尾上様代表の詩誌「虹」が三十号で終刊となり、その時、「虹」、「少年詩の学校」等々に載った作品たちが淋しがっているように感じました。

少年詩の世界でご活躍の菊永謙様に詩集の発行の思いをお伝えしたところ、早速、詩集の構成や編集などにご尽力頂くことになりました。不勉強続きの私が、お陰様でこの度思いもかけない、二冊の詩集を刊行するという幸せに巡り合えたのです。

岩崎先生も喜んでくださいました。その上に、もったいないお言葉を頂き、感謝で一杯、お礼の言葉が見つかりません。素晴らしいさし絵で飾って頂いた画家の大井さちこ様、四季の森社の入江隆司様に厚くお礼を申し上げて、あとがきに代えさせて頂きます。

二〇一九年（令和元年）十一月

まえだ　としえ

著者略歴

まえだとしえ（前田　都始恵）

加賀白山山麓の小集落、東二口（ひがしふたくち）生まれ。鶴来（つるぎ）高校卒。金沢大学医学部付属看護学校卒。同付属病院勤務。金沢の詩誌「笛」同人となる。結婚後、上京。子育ての時期、児童文学者・岩崎京子先生の文庫に親子でお世話になる。児童文学者協会の通信講座にて川村たかし先生の指導を受ける。同人誌「アルゴル」「森」「ひなつぼし」「木曜童話会」「虹」「少年詩の学校」などに詩、エッセイ、童話を発表。詩集『た・か・ら・も・の』（リーブル　２００７年）。日本児童文学者協会会員。

画家略歴

大井さちこ（おおい　さちこ）

東京都生まれ。小学校の頃から山本日子士良氏に油彩画を学ぶ。子どもの誕生を機に絵本作りや銅版画を始める。エッチングにやわらかな彩色を施し、物語を持つ小さな世界が注目される。装画に詩集『ねこの秘密』（いしずえ）『風のシンフォニー』（てらいんく）『仙人』『子どもと詩の架橋』（四季の森社）などがある。

かくれんぼ

2019 年 12 月 25 日　　第一版第一刷発行

著　者　まえだとしえ

絵　大井さちこ

発行者　入江 真理子

発行所　四季の森社

〒 195-0073　東京都町田市薬師台 2-21-5

電話　042-810-3868　FAX 042-810-3868

E-mail: sikinomorisya@gmail.com

印刷所　シナノ書籍印刷株式会社

　ISBN978-4-905036-19-7 C0092